KB272588

지구의 모든 저녁이 모여 있는 곳

최서진

한양대학교 국어국문학과에서 박사 학위를 받았다.
2004년 『심상』을 통해 시인으로 등단했다.
시집 『아몬드 나무는 아몬드가 되고』 『우리만 모르게 새가 태어난다』 『내 사람은 눈물보다 먼저 녹는다』 『지구의 모든 저녁이 모여 있는 곳』을 썼다.
김광협문학상, 발견문학상을 수상했다.

파란에서 펴낸 최서진의 시집
우리만 모르게 새가 태어난다(2019)
지구의 모든 저녁이 모여 있는 곳(2026)

파란시선 0175 지구의 모든 저녁이 모여 있는 곳

1판 1쇄 펴낸날 2026년 3월 10일
지은이 최서진
인쇄인 (주)두경 정지오
디자인 이다경
펴낸이 채상우
펴낸곳 (주)함께하는출판그룹파란
등록번호 제2015-000068호
등록일자 2015년 9월 15일
주소 (10387) 경기도 고양시 일산서구 중앙로 1455 대우시티프라자 B1 202-1호
전화 031-919-4288
팩스 031-919-4287
모바일팩스 0504-441-3439
이메일 bookparan2015@hanmail.net

ISBN 979-11-94799-27-6 03810

값 12,000원

지구의 모든 저녁이 모여 있는 곳

최서진 시집

시인의 말

눈송이처럼 네가 그리워
손 위에서 녹는 눈송이 참 많다

차례

제1부

물새 알

얼굴에 난 자국처럼
모르는 시간의 바람이 분다

밤과 손이 무럭무럭 자란다
기도로 가득한 눈이 빈 액자로 내리고
그네 위에도 흰 눈

긴 겨울 사이
어두운 골목 어딘가
물새 알은 태어난다

깊은 도시에서 근심은 오래가
물새 알을 낳는다
줄줄이 알을 뒤적이다 간 길고양이들

강변에 나가
주머니마다 소란스러운 물새 알을
내려놓는다

알에서 나와 천천히 발을 내딛는

오늘부터 새

―

버릇처럼 저녁을 걷는다
빛을 감춘 저녁을
새의 발로

저녁이 되면 젖은 얼굴도 아름다워 보인다
매달린 새들도 침묵의 자세를 배우기 위해
어둠에 붙들렸지만

여전히 나무로 새로 남아 있는
눈이 자주 붓는 마음

돌이킬 수 없는 일들은 흘러갔을까
새의 발이 닿았던 구름을 본다
발등으로 여름이 분다

웅크리고 앉아
어둠을 길게 한 모금 마신다

먼 곳에서 빛이 넘어오는지 나무가 흔들린다

―

사막을 붙들고 있는 것은 내 손이니
소란과 침묵을 번갈아 가며
나는 새의 발목을 갖게 되겠지

새들은 빛을 감춘 저녁에만 발끝으로 맴돈다
흔들리지 않는 고도를 지나 구름에 닿듯이

먼 곳에서 빛이 넘어오는지 기침이 난다

진통제

소리가 들리지 않는 다큐멘터리를 본다
귀를 막아도 들리는 소리가 있어
빗방울 하나 주워 들고 파도 소리를 듣는다

날개를 갖지 못한 새는 모두 꽃이 될까
수국이 지면 장마가 오는 이유
모란이 가고도 다시 모란이 오는 이유
어둠을 모아 흰나비로 날려 보내야 하는 이유

꽃자리마다 숨겨 둔 슬픔이 있어
열꽃이라는 말에는 뜨거움과 서늘함이 함께해

머리끝까지 이불을 덮어쓰고 지워지고 싶은 날
스스로 체온을 조절하지 못하는 것들이 있어
바다거북이처럼

폭염이 유난했던 하루가 서쪽 하늘에 펼쳐진다
꽃을 실은 바람이 불어 구름이 잠깐 흔들리고

오늘부터 빨강 구름을 믿으려고 해

해열 진통제를 먹고
이마를 가만히 짚어 본다

해열 진통제를 보면 이마를 짚어 주던
한 사람이 떠오르고

오늘의 장보기 리스트, 따뜻한 아이스크림

해 질 녘 아스피린, 달리기

아스피린을 나눠 먹고 우리는 달렸다

불이 지나간 자리는 아무것도 남아 있지 않았지만

이 구간을 지나면 아침이 될 것이라는 믿음을 발에 새겨
넣고

해 질 녘, 전염병을 지난다

길 잃은 개들을 지난다

길 잃은 새끼 고양이가 나를 지나간다

달과 별이 고여 있는 지붕

그곳에 녹아드는 흰 눈

아스피린처럼 천천히 달린다

전할 말이 있는데 잃어버릴 것 같아 힘껏 달린다

치자 빛으로 물들어 있는 저녁은 아무것도 남아 있지 않았
지만

누군가는 여전히 달리고 있다 전염병처럼

이 구간을 지나면 여름이 번질 것 같다

나는 모과와 이별하는 중

모과차 한잔 드세요

새들을 밀어 주는 바람 같기도 한
귀뚜라미의 한 시절을 지나는 순간 같기도 한
모과의 꽃

등 돌리며 떠나던 당신의 말처럼 아픈 화리목
마음을 품고 어떤 흔적을 밀어 더 깊어지는 말처럼
분홍 별들이 은하수를 건넌다

그건 한 사람에게만 들리는 별의 소리
모과의 꽃이 아름다운 줄 나비는 알았을까
수없이 두드리던 향을 모아 모과 청을 만들고
모과차를 만들었을 당신

나는 지금 모과와 이별하는 중입니다

새벽을 부르는 모과
우리가 꽃피우다 만 시절도 모과
얇게 썬 모과를 설탕에 담근다

누가 하염없이 휘젓는 모과 향
모과는 지구의 모든 저녁이 모여 있는 곳

물고기 돌

누군가 매끄러운 돌에
물고기 한 마리를 그려 나에게 주었다

손으로 물고기를 만져 본다

심장이 흘러가는 소리가
두근거리는 손끝

정성껏 물을 갈아 주고
물 안에 물고기를 풀어 준다
흘러가는 지느러미

그것이 나를 정신 차리게 하고
약속도 없이 걷게 한다

책을 보는 나를 물고기가 바라본다
자면서도 눈을 감지 않는 물고기

돌 속을 헤엄쳐 다니는 저 물고기처럼
슬픔이 웃는 얼굴로

돌 속으로 내가 흘러간다

공동체

완성되고 있던 성이

폭풍우에 쓰러진다

그 여름은 뜨거웠다

돌아갈 수 없을 때

우리들의 균형은 시작된다

돌멩이 몇 개를 담벼락에 올리며

견고한 침묵으로

나쁜 꿈을 숨긴다

나는 구부러진 등을 매일 펴는 연습을 한다

다정한 말은 구멍을 만들고

돌멩이들은 함께 출렁일 수 있다

누군가는 계속해서

달력을 넘기고

나는 지나간 달력을 뜯어내어

푸른 고래를 접었다

슬픔은 슬픔끼리 짝짓기를 하고

골목마다 겨울이 자란다
겨울을 계속 걷는 일은 살 속에 이빨이 부딪치는 일
춥다고 가로등이 흔들릴 때
누군가 눈이 내린다고 소리친다
나는 눈 속에, 눈이 가득해서 방향을 알 수 없는 사람
겨울이 젖은 채로 앓고 있는 것을 본다

집이 없는 고양이가 길게 울고 있다
길고양이가 가볍게 담을 타다 뒤돌아보고 있어
고양이의 삶은 벽 위에 그늘을 지우는 일
눈이 쌓인 담벼락 위에 앉아 고양이는
허공에 두 뺨을 비벼 댄다
고양이가 웅크렸던 자리에는 그늘이 남는다

눈이 눈을 녹이듯이
문득 뒤돌아본 사람의 눈이 쓸쓸하듯이
내 눈으로 들어와 녹는 저 눈은 눈으로 가득해

밤마다 비린 눈송이를 물고 고양이는 어디로 가나
잃어버린 겨울의 주문을 중얼거리며

슬픔은 슬픔끼리 짝짓기를 하고
어둠을 응시하던 겨울이었지
시간처럼 눈발이 사람들의 눈 속으로 흩날리는데
나를 지나간 발자국들을 본다
흐르는 눈처럼

겨울이 마침내 다정해진다

오늘의 고독

—   서랍이 서랍을 잃어버렸을 때
나는 화분에 물을 주었지

서랍이 서랍을 잃어버렸을 때
나는 진한 원두커피를 내렸지

서랍이 서랍을 잃어버렸을 때
가만가만 창문을 열었지

서랍이 서랍을 잃어버렸을 때
거북이에게 밥을 주었지

서랍이 서랍을 잃어버렸을 때
옷가지들을 넣어 세탁기를 돌렸지

마가목 열매처럼 마음이 붉을 때
늦가을의 심정으로 서랍을 열었고
자주 길을 잃었지

—   나는 잃어버리면 안 되는 것을 서랍에 넣은

사람처럼 서랍을 야무지게 닫았지

서랍이 서랍을 잃어버렸을 때
두 손으로 머그 컵을 감싸 쥐던 온기를 생각하지

잠이 오지 않아 나는 서랍을 열어
손톱을 정리하고 느리고 부드럽게
시간을 열어

거기 아름다운 내 빛이 자라고 있으므로

풍선처럼

우리 어디선가 만난 적 있나요
계단을 오르던 연인처럼

흩어지는 것들에 대해 생각하면 쏟아지는 빗소리
혼자서 피고 질 뒤뜰에 단추나무
전하지 못한 말들은 목수국으로 핀다
새벽이 손끝에서 흔들린다

탱자나무 가시 위까지 눈 쌓이던 마당이 부풀다가 터진다

비성거리를 지나 함박집
여우가 출몰하던 산등성이를 지나
찔레꽃 핀 길까지 생각하다가
이제는 흐르지 않는 강을 생각한다
죽은 이름 위로 쏟아지는 빗소리

사랑인지 슬픔인지 몰라서 여러 개의 집을 짓고 부순다
기억은 춥다 바늘 끝처럼 날카로워지다 얼어붙는다
불을 끄고 참을 것이 많은 방은 절기를 지난다

이국어를 외운다 다른 사람이 되어 가는

사랑에 빠진 물고기가 되어
접힌 종이비행기가 되어

우리는 모두 누군가가 되어 간다
하늘에 떠 있는 풍선처럼

달 속엔 귀가 큰 토끼가 가득해

비좁은 달에
바닐라 라떼를 가득 부어

바닐라 라떼가 가득한 달을 한 모금 마시고
손을 펴서 눈가를 훔쳤어

달을 닮은 초승달을 그려
반달을 그려
보름달을 그려
라떼를 가득 부어서

절벽 끝으로 물이 오르는 달의 생각들
혼자만의 시간이 해변에 닿아
멀리 있는 바다의 생각이 떠올라

귓속에 가득 파도 소리를 모으는 토끼는
허기가 질 때마다
자신이 그려 놓은 보름달을 갉아먹어요

오래 기다리기라도 했다는 듯

지상에서는 동백나무가 라떼를 마신다

갑자기 내리는 비
갑자기 생각나는 라떼

귀를 쫑긋 세우는 깊은 바다 앞
파도 위로 귀를 내미는 흰고래
라떼를 마시고 떠내려가는 동백나무

토끼는 쏟아지는 비처럼
너는 누구냐고 묻는다

동백나무가 파도를 탄다
토끼는 달로 가득한 해변에서
먼 바닷속 달의 생각을 읽는다

혼자 먹는 식탁

세상이 왜 이렇게 조용하지

연연해서는 안 된다는 듯
혼자 먹는 저녁

슬그머니 실존한다, 이름 붙일 수 없는 고요 앞에서
나는 홀로 밥을 먹는 고독한 왕

봄 바다처럼 찻물이 끓는데
늙은 손목을 가진 왕은 꾸물거리고
뜨거움이 모자란 차를 마신다

왕은 밥을 먹으며 한 발로 다른 발을 긁는다
국물을 흘렸는데도 닦지 않는다
일방통행로처럼 시간이 만들어 가는
보이지 않는 것을 더 믿는 심장이 되어

더 '고독하세요' 왕이 명령하고 왕이 듣는다

스웨터를 걸치고 외로운 식탁에 앉아

고독한 왕은 책을 읽고 행운이 담긴 편지를 쓴다
가장 느리게 오고 있는 행운의 편지를 기다리며
봄 바다의 반짝임에 대하여
슬그머니 혼자서 중얼거리며

남포

이쪽은 포구, 저쪽은 들녘
우리는 집 나간 소를 찾아 자주 비탈에 서 있었지

남포에 어둠이 쏟아질 때
온몸이 젖는다

홀수만을 골라 쥐고 있는 기분
저무는 해가 수평선 너머로 스며들 때
어딘가 모자란 채로 반짝였고

포구는 요령도 없이 젖은 손으로 하루를 접었고
갈매기의 난간은 컴컴한 바다

저무는 봄날
깊은 바다를 등에 지고
소를 몰며 들을 건넜을까

물비늘은 마음을 숨길 때 아프다
바다가 커튼을 치듯 어둠에 섞일 때
남포는 죽은 말들의 염전

물비린내와 풀 냄새가 얽힌 해풍이
의자에 앉는다
불안이 된다

밀리는 파도와 밀어내는 파도를 생각한다

물고기 내장처럼 어두운 기억 속까지
둥글고 붉은 노을이 깊게 베이는

쥐고 있던 홀수마저 사라지던
약속처럼 늘 어긋나던 남포

노을의 다음 페이지는

강물처럼 흐르는 노을의 붉은 두근거림
바람을 한 움큼 잡았다가 흩어지는 동안입니다
일몰은

사랑과 죽음에 대하여 눈을 감을 때
얼굴은 꽃이 다시 돌아오는 바다를 생각했다고 고백합니다
궁리하듯 '열렬하다'라는 발음이 회오리처럼

어떤 궁리는 넓은 꽃밭을 만들고
철새들을 불러 모으고
사랑에 빠져 돌아갈 곳을 잃어버린 철새들은
도무지 생활을 모르겠어요

물의 가장 안쪽에 누워 연잎을 떠올립니다
밤하늘로 짙어지면서 두 발은
여전히 꿈을 꾸고
홀로 부끄러워 발목이 부어올라요

물양귀비도 저무는 날에
목에 걸린 꿈 하나 내려놓아요

제2부

동백은 추락할 때 가장 선명해져요

동백나무에 물을 주었어요
나무에 침묵이 가득 찼어요

부풀어 오른 동백 우주선을 타고
입을 조금 벌리면 잎잎마다 구름이 돌아요

나는 사라질 시간의 이름을
물구름이라고 불러요

희박해지는 숨을 몰아쉬며
붉은 숨을 떨어뜨리듯

동백은 추락할 때 가장 선명해져요
소금 같은 시간을 따라 우리는 흩어지고 있어요

나는 떨어진 동백 안에 누워 봅니다
꽃잎을 들추면 고래의 시간이 거기 있다는 듯이

소란해지면서 소금이 돌아 물무늬를 불러 모은 결
모든 고요 위에 다시 피는 동백

달달한 것은 슬픔을 가지고 있을까요

민트 향 찻잔 속에서 유자 향을 맡을 때
왜 달달한 것은 슬픔을 가지고 있을까요

유자와 민트는 서로 혈액형이 같아요

인위적인 것들이 섞여서 만들어진
달달함은 얼마나 슬픈가요

물비린내와 먼지 냄새가 섞인 오후
서랍에서 버터 향이 나고
캐러멜 시럽 속을 기는 달팽이처럼

슬픔은 달달해서 민트가 된 걸까요

사라지지 않는 슬픔이 차오르면
유자나무 가득한 어느 지명을 떠올립니다
둥근 탁자와 사월의 꽃잎도
내가 알던 어느 지명 같아
위태롭지만 달콤해집니다

슬픔을 들었다 놓으면
식은 찻잔 속에 유자꽃 핍니다
민트와 유자는 왜 만나서
달달해진 걸까요
왜 자꾸만 슬퍼지는 걸까요
컵에 내려앉는 사월의 눈처럼

둥근 목화

눈보라를 삼키고
흘러넘치는 의심을 껴안은 채
밤을 이해하면서
목화를 찾아갑니다
조랑말 같은 시간을 지나서

종소리 같은
봄바람 한 장 같은
비누 거품처럼 사라질 손목 같은
흰나비의 유적지 같은
목화를 찾아갑니다
어두운 목화처럼 두 손을 모으고

쏟아지는 모든 생각 안에는 목화가 있어요

신발을 자주 바꾸면서
어떤 비에도 걸음을 멈추지 말고
깨어 있는 모든 시간을
깨뜨릴 수 없는 어떤 바람을 지나서
다만 목화를 찾아가는 길

흰 양말을 신고 목화를 찾아갑니다

구름의 피검사

구름 한 점을 쥐고 걸었어요, 혼잣말처럼
죽은 자들이 걷는 부드러운 시간 같았어요

붉은 벽돌로 쌓은 집을 지나가다가 잠시
새끼발가락 근처가 열렬해졌습니다

세찬 물살이 머물던 곳 같기도 한
불쑥 솟구치는 마음이 모였던 장소 같기도 해서요

골목길이 참 많다는 생각이 듭니다
목이 메어 모자 속에 눈을 감추고 싶을 만큼

발목이 아플 때는 더 천천히 걸었어요
핏기가 사라진 골목으로 붉은 나비들이 날아갑니다
내게 부족한 것은 저 앳된 피

잃어버리면 안 되는 것이 있었는데
사람이 태어나서 사랑하다가 죽는 이야기를 밤새
읽었습니다

손안에 쥐고 있던 어둠처럼

밤과 새벽의 문을 열면

공중에 문 하나를 그려 넣는다
안 보이는 손잡이를 돌려 그 안으로 들어가면

우리는 많은 생각 끝에
빛나는 문을 그려 놓고 그 문으로 사라지는 사람

새로운 세계에서는
새들은 영화 속 소품처럼 숲으로 날아가고
고양이들은 위태롭게 담장을 타고 다닌다

아득한 물고기는 말이 없고
문은 또 다른 바다로 열린다

아주 익숙하고 오래된 기도처럼 문을 열고
문을 닫고 문은 다른 문을 만들고
안 보이는 문들은 끊임없이 증식한다

아름다운 문을 완성하고 싶지만
우리는 각자 두통을 입고 문을 통과한다

문과 문을 통과하는 동안
밤이 새도록 불빛이 켜진 창문들 사이로 지나가고

저 높이 문을 달자
더 높은 문을 열자

어떤 부족은 문을 아예 지붕에 매달아 놓지
문을 빠져나간 물결에 대해 생각해

별은 그즈음 새로운 눈을 뜬다

사려니숲에 두고 오다

一

사려니숲은 신성한 숲이라는 뜻
새벽 숲길을 걸으면 바람이 파도 소리로 들린다

죽은 새들은 다 어디로 갈까
새들의 무덤은 허공일지도

잠깐 머무는 것들을 떠올린다
누군가 두고 간 울음 하나가 저 숲에 살고 있어
구불구불한 등고선이 생긴다

숲은 혼자 울기 좋은 방
여기서는 바람의 말은 번역하지 않아도 좋다
멀리 있는 파도가 등고선으로 빛나고

무섭게 번지는 초록에 눈이 밝아지고
나무의 호흡을 빌려 잠시 나눠 쓴다

오늘의 숙제는 간격을 이해하는 것
나무들은 서로의 간격을 침범하지 않고

一

각자의 몫은 각자에게 되돌려주는 빛

신성함에 이르는 길은 아직 멀고
하나의 소원은 나무의 호흡법을 흉내 내는 것

안 보이는 울음 하나를
바위 밑에 숨겨 두고 왔다

사려니, 발음하는 순간
흩어지는 바람 파도

식빵

—

기다림이 나를 자라게 할 수 있을까

기다리는 것이 습관이 된 줄도 모르고
나는 여전히 식빵을 기다린다

기다림을 들킬까 봐
식빵은 수줍게 몸을 부풀린다

언제부턴가 바라는 것은 그렇게 보푸라기가 생겼다

기다릴 때
쉽게 흔들릴 때
사랑할 때

식빵은 조금 더 부푼다

책상처럼
식탁처럼
고소한 나의 기다림

—

빵이 되려고 수없이 견디던 여름밤이 지나간다

운명

새는 자주 넘어진다
마음을 숨길 때

여름을 통과한 새들이 날아오른다
날개를 잃은 새들도 있어
목이 마른다

죽은 새를 물고 있는 고양이
죽은 새는 조용하다

새를 그리며
새를 접으며
새를 보내며

새를 모으고 새장을 만든다

새가 가득한 새장
새가 나무의 잎을 흔들면서 떠나간다
새의 눈빛이 메아리처럼 나무를 흔든다

새는 새의 시간을 다 날다 멈춘다

혼잣말 노크

구름이 열리고 비나 눈이 내린다

우리는 문과 소리의 충실한 하인이었으므로

흉터에서 시작되는 때때로 빛

혼잣말 같은 푸른색 이마가 좋다

비가 오는데
가로등이 켜진다

내 생각은 가운데가 볼록하고 휘파람을 불 수 있다

한없이 달려가고 있는 금요일의 버스

머리에서 불이 켜질 때

혼잣말은 내가 나를 확인하는 방식

어제와 다른 생각으로 벽이 시계를 걸어 놓는다

접시의 문양 위에 침을 흘린 사람을 기억하지

모든 접시를 하얗게 닦는다

집으로 가는 길인걸요

어쩌자고 저 집은 축대를 높이 쌓았을까요

저 집은 물이 흐르는 바위 위에 지었을까요

뜨거운 잠이 모래처럼 구르고 있는

절벽을 들고 나는 물 묻은 신발을 생각해요

집집마다 저마다의 얼룩으로 무너질 때

뜨거운 손가락 끝에서 돋아나는 집

지붕의 모양으로 우리는 서로를 구별해요

얼어붙지 않기 위해 집 앞에 모과나무를 심고

목덜미마다 제 몫의 겨울을 안고

자명종처럼 정해 놓은 약속을 들고

문과 벽을 밀고 들어가요

한 뼘 공간에 몸을 눕히면

하루치의 잠은 하루치의 죽음에 대한 연습 같고

지나친 걱정은 밤의 독약 같고

너무 걱정하지 말아요

우리는 집으로 가는 길인걸요

슬픔은 왼쪽에서 오른쪽으로 색칠해야 해

흰색을 지나 회색 그리고 검은색의 순서로
달이 붉어지는 밤

밤하늘에 밤이 가득해서
어둠에 어둠을 색칠할수록 왼쪽이 좋아지는 기분
한가운데 깊이 박혀 있는 슬픔처럼

어둠 한 덩이가 뚝 떨어져
담벼락에 고양이 검은 울음을 남긴다

고양이의 슬픔을 치료하는 구름
고양이가 울자 다른 고양이도 울었다

허공에 손을 내밀면 손바닥에 어둠이 묻어나고

슬픔과 구름과 밤의 언어를 알아듣는다
구름의 방향을 알 수 없어도
슬픔은 왼쪽에서 오른쪽으로 색칠해야 해

고양이 몸에서 그림자가 떨어진다

고양이가 지나간 자리에 어둠이 흐르고
지우고 싶은 일들이 많아서
우산을 버린다

밤에 밤 속으로 사라지는
그림자를 확인한다

슬픔이 왼쪽에서 오른쪽으로 밤을 칠한다

오늘의 노을은
—만리포

해가 맹렬하게 타올랐을 때
노을은 진해진다고 너는 진심으로 말했었지

귀먹은 고양이처럼
모래사장에 앉아 맨발로 노을을 기다린다

손그림자를 만들며 나의 생은 맹렬했는지
웅크렸는지

어디서부터 어디까지 살아 있었는지

새들이 날아가는 방향으로
어둠이 번진다

여전히 고도를 기다려, 나는
지나갔을지도 모를 노을빛이 쏟아지길

얼굴이 간지럽다

노을은 날아다니는 꿈을 꾸고

나는 새가 되는 꿈을 꾸고

누구에게나 다른 이의 어깨가 필요해
명치 끝이 축축해진다

오늘의 노을은 유예

종이배, 슬픔이라도 되는 것처럼

물속으로 새 떼가 흘러든다
파도를 지나 찔레나무가 흘러온다
포도가 열린다, 슬픔이라도 되는 것처럼

죽은 나무를 실은 종이배가 도착한다
잃어버린 슬픔이라도 되는 것처럼

나는 미루나무 가지 끝에 앉은 당신을 본다

깊은 물 속에 사는 새 떼가 보여
새로 태어나는 슬픔을 하나 더 알고 싶어

토끼의 앞모습을 그리다가
문득 토끼의 뒷모습을 그리는 아이처럼

그날 밤, 우리가 타고 간 종이배는 돌아오지 않았다

슬픔이라도 되는 것처럼

제3부

비상구를 여는 방법

우리의 화두는 봄이나 겨울을 손으로 여는 방식
바람도 들어오지 않는 벽 앞에서
손잡이의 심정을 이해하고 있다

손이나 두 발을 사용하도록 하자
머리는 아무것도 못 하니까
그곳에는 문밖에 없어서
뚫어져라 쳐다보는 벽이 태어나고 없어진다

혼자 있는 장소가 생기고 그곳이 넓어진다
귀가 찢어질 듯 그곳을 선언한다
빛을 손으로 찢을 수는 없을 테니까
마지막같이 더듬거리며
우스꽝스럽게 약속된 비상벨 소리

의자 양쪽 함의 뚜껑을 열고
손잡이를 화살표 방향으로 당기면
문을 열 수 있다

나는 푸른색의 두 발과 양손이 있는지 궁금하다

처세술

한 사람과 작은 방에 앉아 있게 되었다
숨소리, 희미한 먼지

마음에 손을 넣어 바다를 연다
견딤을 견디기 위한 전략으로
해변의 검은 모래를 세어 보았다

모래알을 씹는 기분이라는 말을 이제 이해하고
한 줄의 문장이 해안선을 따라 구불거린다

손을 뻗어 바다를 잠근다
몇 알의 모래가 작은 방까지 따라 들어오고
점점 선명해지는 먼지들

동지, 밤은 길고 아름다워 보이지만
어둠의 밀도는 더 짙어진다

그 사람의 눈빛은 여전히 날카롭고
그럼에도 불구하고 절기는 조금씩 하지 쪽으로 기운다

내가 모르는 사이 옅어지는 어둠 한 뼘

다시 바다를 열어
얼굴이 없는 얼룩을 던진다
해변에 난 발자국을 지우는 파도

작은 방의 벽이 점점 넓어지고 있다

사이버 초등학교

해바라기의 양 볼에서 보조개가 피어난다
일기예보의 계절이 모여든다
우리는 모두 꿈꾸는 식물들

방이 좁아서 놓을 수 없었던 구름과
길게 자라나는 재크의 콩나무
처음 만져 보는 움직이는 색동저고리
종이로 접은 호숫가
품다 죽어 버린 이름을 알 수 없는 노란 병아리
지름길을 잃어버린 파랑새와
새들이 공중에 간직해 놓은 보물섬
나는 그들을 살지 못했다

사이버 초등학교에 비가 내리네
잃어버린 시간이 부드러운 숨소리를 내며 도착한다
공중에서 시원한 물소리를 듣네
나만 우글거리며 키득키득
별안간 숲이 웃기 시작한다
웃으면서 깊어지는 우물
자기 안에서 지저귀는 구관조

오늘 밤 습관처럼 꿈 냄새가 흘러들어 가고
가지 못했던 골목이 잠시 머물다 빛나네
메아리가 사라진 뒤에도 자신의 꿈속으로 아이가
혼자 날아간다
빛이 눈부신 것은 돌아갈 수 없는 시간이기 때문이야

내 몸 어딘가에 파 놓은
깊이를 알 수 없는 세상이 얼굴을 만지고 얼굴을 적시고

백석역

대곡역과 마두역 사이
날은 저무는데
눈은 오지 않고 외롭고 춥고 쓸쓸한 바람이 분다

백석역을 지날 때
한 시인의 이름을 떠올리지 않기로 한다

약속한 적은 없지만
헤어지는 사람들의 표정은 닮아 있고

자꾸만 계단 입구 쪽으로 눈이 간다
혼자 어디론가 걸어가는 계단

반대편 열차가 지나간다
금방이라도 울 것 같은 하늘
조용한 역사에 서 있다

커피 한 잔을 천천히 마신다
입가에 고인 검은 기억
왜 기도를 위해서는 두 손을 모아야 할까

기다림을 기다린다

누군가 시간의 반대편에서
아무도 모르게 달려온다고 해도
모든 연착은 이미 슬프고

기다림은 지독하게 나를 위해 올 것이다
무엇을 기다리고 있는지 잊어버리고

마지막 열차
유리창 너머 하늘에서
눈이 오고 흰 별이 뜰 것만 같은 밤

불광

내게 그 빛은 너무 멀고 너무 가깝고

누군가를 기다리던 기억으로 가득한
터미널 앞 자판기

겨울은 늘 먼저 도착해 있었고
순서대로 동전을 넣으면 달콤한 커피가 쏟아져요

두 손을 모아 기도하는 자세로
컵을 잡고 커피를 마셨어요

연착되는 차편은
언제나 약속을 저버리고
빛나지 않는 별도 있다는 걸 알게 되었어요

언젠가 도착할 거라는 생각에
나는 불광에 발이 묶이고

농담처럼 밤과 꿈을 훔쳐 가는
고양이들은 어딘가로 가서 새끼를 낳아요

나는 종착지로 돌아오는 습관을 지녔어요

손이 움직이지 않았는데
컵이 나오고 커피가 나오는 것은
목마른 시간이 목숨까지 왔다는 말

누군가 심장을 넣어 두고 떠난
불광시외버스터미널 자판기 앞

어둠이 짙은
내가 매일 같은 시간에 지나가요

구름 너머 뿔

　해가 빛날 때 구름은 어떤 지점을 후회하고 있다 구름 너머의 뿔을 믿는 일은 몸 안에 가시를 키우는 것 뿔을 가지기 어렵다고 느낄 때 불을 끄고 눕는다 부스럭거리면 짠물이 입으로 밀려온다

　고통이 조용히 떠 있는 물속에서 몸을 가만히 벗어 놓는다 물의 옷은 무겁지 않다 물속이 절벽처럼 깊어 간다 그 속에서 구름을 지운다

　뿔을 버린다 밤은 뿔을 숨기고 새벽을 건너는 중이다 밤이면 해변을 찾아와 바닷물에 뿔을 담그고 서 있는 사슴, 그의 웃음소리는 들리지 않고 밤새 비가 내려 바다가 떠내려갔다 흘러내린 긴 머리칼을 들고 나는 쓸쓸하다 태양이 발등에서 뜬다 뿔이 빛난다 구름 너머

못이 빛나는 밤

흉터에서 사는 유령처럼
한밤에 일어나 피 흘리는 벽을 본다
내가 반쯤 묻힌 벽, 지도를 찾아 스위치를 켠다
온 힘을 다해 빛을 모으면
당신을 사랑하지 않을 수 있을까
집집마다 못이 박히지 않은 벽은 없어
아무렇지도 않은 척 못에 옷을 건다
밤이 못을 쓰다듬는다
우리가 알아야 할 운명이 벽에서 빛나는 밤
못은 벽에 깊숙이 파고들어 서로를 견딘다
궁지에 몰린 채
불안이 통째로 박힌 풍경은 곰팡내가 나고
노을이 무너지고
뿌리째 흔들리던 우리의 계절은

귓속말로 가득한 바다

파도를 감았다 풀면

슬픔으로 범람하는 바다

어디로 가는지도 모르고 물결이 출렁인다

바다 앞에 살고 싶다던 엄마의 말이

귓속에 흐른다

오래된 마법을 풀 듯 물을 마신다

마음의 불을 끄듯 물을 마신다

귓속말로 가득한 바다

봄밤을 건너다

흰 목련처럼 앉아
신발을 만드는 사람을 생각해요

거미줄에 몸을 던지는 거미들
밤은 무엇으로 견딜까요

만약 제자리를 맴돌고 있는 거라면
발은 더 시리고
거미줄의 선은 더 복잡해질까요

들리지 않는 것들에 대해 속삭여 줘요
봄밤이니까요

세상에 하나밖에 없는 신발을 신고
이미 지나온 길을

처음처럼 걸어가게 될 테니까요

노랑, 한 점

새장에 한 점 허공이 걸려 있다
노랑모란앵무

문을 열면 오렌지색 뒷머리를 조아리며
내 손에 안기던 보드라운 꽃송이

사라진 앵무가
새장 속에서 내 시간을 쪼고 있다

손끝에서 맴돌다 날아가 버린 노랑 깃
숨을 멈춘 슬픔이 빛난다

달빛에 새가 겹겹이 쌓여 넘칠 때
죽은 새는 흰 눈으로 쌓일까

지워진 영혼의 손가락이 점자를 읽듯
잃어버린 말들의 불씨를 살리듯
손을 잡듯 가만히 핀다

사라진 새처럼

끝말을 잇지 못하고
툭툭 떨어져 있는 손가락들

수선화에 지문을 남기고 날아가는 새

설탕처럼 부서지는

물 안의 붉어지는 귓속말이 따라왔다

벚나무는 말할 수 없는 마음을 모아

꽃을 피운다

사월의 저녁에서 강물 냄새가 난다

물속에 중요한 이름을 두고 온 사람

불광천을 걷는다

지금쯤 보령엔 벚꽃이 피었겠다

한 사람과 걷다가 벚나무 어깨로

노을이 지는 순간 사랑도 졌다고 믿었던 수수께끼

끝이 뭉툭한 연필로 불광에서 보령까지 긴 선을 긋는다

덧없는 아름다움은 벚꽃의 꽃말

다시 돌아오는 밤의 구름들

바람이 달다, 라는 말

세상의 모든 중독은 두근거린다

서로 기대는 것만이 방법이라는 듯

벚꽃 구름 터널이 이어져 있다

질주한다, 꽃을 불러 차오르던 바다
다른 세계로 사라져 버린 것들

사라지는 순간 더욱 선명해지는 선을 잡고
설탕처럼 부서지는 중독자의 밤
봄밤이 짧아서 우리는 벚꽃을 믿어요, 믿지 않아요

나무와 달팽이와 나

一

나는 잎을 쏟는 나무를 바라보고 있었어

운명을 알아채지 못하도록

손으로 입을 가리고 웃는 사람들이 지나갔어

길바닥에 붙은 나뭇잎은 캄캄해

온통 미로인 바닥 밑 나뭇잎을 보면 수심이 깊어져

눈을 감고 봄밤을 기다리는 달팽이

우리 어디선가 만난 적 있지

지우는 것이 그림이라고 믿는 화가처럼

길을 그리다가 지운다

참을 것이 많은 겨울을 생각하며

一

물어뜯은 손톱 안으로

오래오래 달팽이 한 마리 기어간다

생각이 가득한 자리에서 시작된다

무창포, 잠든 달을 불러
서쪽으로 조금씩 휘어지는 일에 몰두한다

서풍에
허공이 붉게 터지듯
바닷길에 닿는 것은
뒤로 가다 멈추는 시계처럼
젖은 모래를 더듬어
먼 구름 위를 걷다가 뒤돌아보면
발목으로 차오르는 썰물

그때 바람은 내 희망곡처럼
구름의 몸을 지운다

바다 깊숙한 곳에 머리핀을 빠뜨렸다
기도하는 손을 만들어
바닷길을 걸어
우리는 삶의 기슭에 닿는다
내가 날린 나비의 영혼에 닿는다

우리들의 이야기가
밀물보다 빠르게 들어올 때

귀를 막으면 더 크게 들리는 파도 소리
물과 새와

발이 시린
겨울을 길어 올리던 맨발의 소녀에게

바다가 들려주던 늦은 음악 같은

몸살

바람은 바람으로
꽃은 꽃으로
새는 새로
나무는 나무로 흐르다 걸음을 멈추는 오후

벚꽃도 만발하다 저무는 날에
그제서야 목에 걸린 꿈을 내려놓으면
감기도 순해지고 아득해진다

노을은
꽃의 다음 페이지를 펼쳐 놓는다

아직 미열이 남아 있는

제4부

우는 여인

빵을 놓치고 자정의 붓을 들어
밤이 우는 표정을 새긴다
세로 60㎝, 가로 49㎝로

박하사탕을 입에 물자 허공이 튀어나왔다

죽음이 구름사다리를 타고 가는 것을 본다
너무도 가볍게 잠자는 듯 춤추는 듯 포옹하는 듯

걸을 때마다 여인의 옆얼굴을 훔쳐보았다
정면의 슬픔을 들키지 않으려는 듯

얼굴이 사라진 곳에서
하늘을 올려다보며
오래 우는 날이 계속되지만

내 눈은 깊어진다
손가락이 길어진다

*우는 여인: 피카소의 그림 제목.

단추 하나에 모든 것이 흔들린다

햇빛이 부서지는 여름 한낮
자두나무에 가지가 휘어질 정도로 매달린
자두들

툭 하고 자두 한 알이 떨어지는 순간

거짓말처럼 내 옷에서 단추가 떨어진다
떨어진 단추를 주워서 주머니에 넣고

새들이 날아가다 전깃줄에 앉는다

내 옷에서 자두가 떨어진다
손끝에 기대어 늦여름까지 흔들렸던 절기

주머니 속 단추를 만져 본다
분명한 것들이 분명해지도록

떨어진 자두를 한입 베어 물면
입술이 검붉어지고

그때 장대비는 쏟아진다
빗소리가 아이들의 웃음소리를 가로막는다

비 맞은 새는 전깃줄 위에서 선명해지고

단추 하나에 모든 것이 흔들려
한낮이 밤이 된다

떨어진 단추를 자두나무 아래에 심는다

수많은 단추들이 눈을 깜박이며 나를 본다

낮잠을 자고 일어났는데
새의 얼굴을 한 유령이 다녀간다
잘 익은 자두를 베어 물면 손에서 냄새가 난다
나무 아래 여전히 단추가 있다

달과 새와 해바라기

체온을 나눠 가졌던 새는 숲이 품은 환상이었다

세계는 죽은 사람의 이름으로 가득하다
공기 중에 흩어진 말들이 혀끝에 맴돌고

떠나간 새들이 하루의 끝에서 일제히 달을 바라보는 시간이
있다
그 3초의 시간이 달의 기슭에 쌓이는 동안

해바라기의 운명은 잘못된 인내에서 비롯된다
고흐가 해바라기를 그린 것은 우연이 아니고

달을 바라보는 일을 즐겨 하는 이들이 멀미를 앓는 것은
우리가 꺾은 해바라기가 그곳에서 자라고 있기 때문이지

지워진 이름은 지워진 이름이고
달을 바라보다가 해바라기와 눈이 마주친다 해도
반가운 인사는 나누지 않기로 한다

머리 위를 빙빙 돌다가 하나로 뭉쳐지는 구름들

물소리처럼 다시 흩어지는 구름들

죽은 새의 속도를 따라 퍼즐처럼 조각난다, 세계는

달 안에서 매일매일 죽은 해바라기가 자라난다

여름 저녁의 반성과 장미에 대한 소문

一

몇 마디의 장미가 죽은 듯이 피어
화병에 꽂혀 있다

화병 속에서만 구체적인 여름
여름 저녁을 적는다

자리를 잡지 못하고 여름이 흩어지면

종이 위 문장들이 발등을 찍는다
현기증에 귀가 멀고

나는 여름을 반성한다
방 안의 어둠이 바깥의 어둠과 다툴 때

장미 꽃잎의 방향이 모호해진다

어두워졌구나
약속처럼

二

누군가 회초리를 들어 손바닥을 때렸다

붉게 부풀어 오른 손바닥을 어루만지며
한 뼘씩 지워지는 그림자가 웅크리고 있다

유예되지 않은 반성들이
하얀 식탁보 위 얼룩으로 번지고

귀에 머무는 소리는 한창이다

여름을 울다 간 매미를 위해
그 울음소리를 기록한다

부서질 듯 하늘을 찢던 그만큼의 힘으로

그런 날은 테두리를 잃어버린 컵이 된다
물이 뚝뚝 떨어진다

여기는 가을의 한밤중
적당한 거리는 언제나 옳고

모든 시간은 지나가는 중이고
귀에 머무는 소리는 한창이다

서로를 닮아 가다 어느 순간 어긋날 얼굴같이
사물들이 녹아 흐른다
탕진이라는 단어를 감추고

여름은 부서진 컵
떨어지는 물방울들과 눈이 마주친다

지나간 계절은 지나간 것

어떤 기억은 일어나지 않은 일에 대한 기억
그러므로 망각은 이루어지지 않고

내가 이렇게 소란스러워지는 것은
기다림이 나를 위해 오고 있기 때문이다

흙더미 속에서 수많은 두꺼비가 자란다

두꺼비 집은
견고하게 두드릴수록 무너지지 않는 법

손가락을 조금만 움직여도
만들어지는 금을 메우며
집을 짓는다, 노래를 부른다

지금 왼손을 빼도 되는 걸까
너무 이르거나 늦지 않기 위한 판단이 필요해
오른손은 아무런 말이 없고

모래의 집 속에서 왼손이 자란다
그동안 해가 저물면
노을에 관해서는 노을에게 질문하자

두통에 대해 미리 생각하다가
함부로 왼손을 뺀다
헌 집은 무너진다, 부서지는 모래 알갱이

두꺼비는 계속 운다

울지 않으면 새집을 얻을 수 없다는 듯이

집을 믿지 않는다
손을 믿지 않는다
약속을 믿지 않는다

한 번에 무너지지 않는 모래집
서서히 무너진다는 건
무너지는 모습을 다 기억하겠다는 뜻

흙더미 속에서 수많은 두꺼비가 자란다

새가 물고 간 것을 나는 아직 알지 못해요

잠이 든 날에는 구불구불한 길을 걸어요

걸을수록 다리에 힘이 풀리는 꿈

꿈이 아플 땐 새벽을 기다려

강변에 나가 작고 둥근 돌을 주워요

어디선가 죽은 새가 울고

주머니마다 온통 소란스러운 불안들

물수제비를 떠요

저마다의 보폭으로 강을 건너가는 돌의 다리들

돌은 견고한 불안처럼 달려가요

새가 물고 간 것을 나는 아직 알지 못해요

장미를 놓치고 가시에 찔렸던 기억

아침을 맞이한 적 없는 나는

손을 펼치면 매화가 도착하고

새가 물고 간 것을 나는 아직 알지 못해요

봄은 봄대로 기지개를 켜요

새를 머금고 나는 더 어두워져요

고통을 밀고 가라앉았다 떠오르는 물수제비처럼

이 거리는 비 오는 날의 물고기처럼

신발이 젖는 줄도 모르고 말을 많이 한 날은
물속을 헤엄치는 물고기가 된 것 같아

종이학을 타고 모르는 지명으로 날아가고 싶어

나는 돌려주지 못한 말들을
보이지 않는 노트에 반듯하게 기록한다

푹푹 빠지는 신발에서 어렵게 발을 빼내어
신호 사이에 서 있다
교차로에서는 거리가 중요하고

어떤 문장들은 모서리가 뾰족하다
충돌하지 않기 위해
모자를 눌러쓰고 이목구비를 지우면

비는 사선으로 내리고
되돌려줘야 할 말들의 목록이 길어진다

한 화가는 오렌지 한 알이 빛이었다고 말했어

저녁에는 약간의 타이레놀이 필요하다
비가 쌓인다

나는 명백해지기 위해
교차로를 지나
다시 밤 산책을 시작해

물고기는 밤에도 눈을 감지 않는다

굴러가는 날들

엄마, 걱정하지 마세요

나는 어쩌면 쓰러지는 방법을
터득했을지도 몰라
지상의 어떤 말보다
명백한 자세는 스트라이크일까

이 세계는 나를 높이 들어 올려
가장 멀리까지 내던지는 일에 몰두하고

이내 깊은 구렁 속으로 볼링핀이 쓰러진다
현기증은 소리처럼 부서지고
밤을 건너는 한 사람이
허물어지는 것은
무릎의 각도에 대해 생각했기 때문이야

멍든 무릎을 바라보며
새벽은 세계를 건너가는 중

격정 마세요, 엄마

아버지의 숟가락

센서 등이 켜지고 꺼진다
목숨이라는 말은 참 슬프다
아버지의 숟가락을 쥐어 본다
죽은 채로 떠나가는 아버지와
낙엽 냄새는 닮아 있어
숟가락을 찾아서 온 한 영혼이
잠시 자신의 침대에 눕는다
숟가락은 저승에서도 필요한지
신우대 잎으로 배를 만들어 냇물에 띄운 적이 있다
흔들리면서 가는 것은 모두 슬픔 같아
죽은 나비를 부르듯이 신우대 잎을 접으면
두 눈이 저절로 깜빡거린다
더 이상 자랄 수 없는 기분으로
버릇처럼 숟가락을 놓친다
죽음을 생각하면 손가락이 녹아내린다

거울

가파른 벽면에 걸었을 때 완성되었습니다

소리를 듣지 못하기는 마찬가지입니다

나는 한 가지 표정을 갖지 못한 사람

질끈 눈을 감아 버리는 감정

나는 절실히 폭풍이 필요합니다

바닷가 포도밭

　빨간색 오토바이를 타고 집배원이 바닷가를 달려갈 때마
다 바다가 눈을 뜨며 귀를 펄럭거렸다 밭이랑마다 축축한
어제의 소문들이 비릿하게 몸속으로 걸어 들어와 피가 붉
어지고 붉어진 피는 바다와 축축한 마디 사이로 죽음처럼
헐거워지는 저녁이 생겨나기도 했다 봉지 속 어린 포도알
들이 작고 둥근 얼굴로 무늬도 없이 차곡차곡 제 몫의 바람
을 주렁주렁 내주는 일이라니 안으로만 키워 내는 슬픔 따
위로 제 몸을 부풀리기에는 바다는 너무 가까워 나는 그림
자조차도 바다로 주지 않았다 바다가 눈뜰 때마다 귀를 키
웠다 까맣게 익어 가는 흉터로 넝쿨지던 시절 구부리거나
서지도 못하는

부푸는 입술

발바닥을 찌르고 나타나는 압정처럼
등은 언제나 모르는 곳에 있다

몽유병처럼
미끄럼틀에서 다른 계절로 이어지는 저녁

아이들이 돌아간 뒤에도 남은 우리는
아스피린을 털어 넣고 미끄럼틀을 탄다

더 높은 곳에서 내려오다
어두운 이름을 주워 본 적 있니

진부한 장편소설의 결말처럼
얼굴이 수만 개의 별빛으로 부서질 때

어떤 꿈들은 자주 헤어진다, 착각처럼
오늘의 장미로부터 가능한 멀리로

주관적으로 계단을 오르지 않을 거야
우리들은 미끄럼틀의 나라로 매 순간 달아난다

어른이 되는 것은 너의 잘못이 아니야
참을성을 기르는 것일까

놀이터 앞 모래사장에 부서진 얼굴이 떨어져 있다
내게서 가장 멀리 있는 입술이 부푼다

삼길포가 거기 있다

이 손 놓으면 안 돼

혼잣말처럼

뱃길을 연다

다짐해, 훌륭한 사람이 될게

어떤 기분이 될까

너무 가까워서 시간이 녹아 흐른다

삼길포는 얼굴선, 선한 눈,
코, 입, 귀에 이르기까지

거기 있다

나는 여전히 젖은 채다

울창한 것들의 이름을 섬이라고 쓴다

원산도, 벼랑은 서툰 마음이

성급하게 지나간 자리

절벽의 페이지는 접어 놓는다

울창한 것들의 이름을 섬이라고 쓴다

일제히 흩어지는 물보라처럼

별은 헤어질 수밖에 없는 이유를 소리 내고 있고

이 별은 가장 먼 혼잣말

흘려 쓴 이름을 설명할 수 있을까

뒤를 돌아본다

온 힘을 다해 부서지고 있다

우리가 가장 인간일 때

김지윤(문학평론가)

모든 인간이 떨쳐 낼 수 없는 진실은, 누구나 결국 삶을 받아들여야 할 때가 온다는 것이다. 삶을 수용한다는 것은 불완전함과 유한성, 필멸성을 받아들인다는 의미이기도 하다. 모든 문장이 마침표를 향해 나아가고 있듯, 삶은 필연적으로 죽음을 예정하고 만남은 끝을 품고 있으며 모든 새벽은 저녁을 바라본다.

우리를 약하게 만드는 것들, 슬픔과 죽음과 사랑과 이별 같은 것들은 모두 지극히 인간적인 것들이다. 우리에게 두려움과 불안, 혹은 혼란을 가져다주고 마음을 흔들어 놓는 것들, 우리에게 약점을 만들어 주는 것들 말이다. 어쩌면 이렇게 말할 수 있을 것이다. 약할 때, 우리는 인간다워진다. 뒤집어 다시 말해 볼 수도 있겠다. 우리가 가장 인간적일 때, 우리는 약하다고.

최서진 시인의 네 번째 시집 『지구의 모든 저녁이 모여 있는 곳』은 상실과 고독이라는 보편적 정념을 독특한 인식 구조 속에 재조정하여, 세계를 새롭게 인식하는 계기이자 존재론적 질문의 출발점으로 전환되는 과정을 밀도 높게 형상화하고 있다.

2004년 『심상』을 통해 등단한 이후 세 권의 시집을 내며 그간 축적해 온 여러 성취 위에 더 깊어진 시 세계를 선보이는 이번 시집에서 슬픔은 그 자체로 생명을 얻고 증식하며(「슬픔은 슬픔끼리 짝짓기를 하고」), 새로운 감각의 기원이 된다. 최서진의 시는 삶과 세계의 취약성을 본격적으로 파고들며 그것들이 어떻게 우리를 인간으로 만드는가를 끈질기게 탐문하고 있다.

1. 소란과 침묵

최서진의 시적 탐구는 외부를 향한 시선을 거두고 내면의 심연을 응시하는 자리에서 시작된다. "귀를 막으면 더 크게 들리는 파도 소리"처럼(「생각이 가득한 자리에서 시작된다」), 외부의 소음을 차단하려 해도 오히려 더 크게 울리는 이유는 그 근원이 외부가 아닌 내부에 있기 때문이다. 시인은 이 내면의 파동을 외면하지 않고 기꺼이 그 속으로 침잠한다.

시집 『지구의 모든 저녁이 모여 있는 곳』에서 '소란'과 '침묵'은 바로 이러한 내면의 풍경을 양분하는 두 가지 축으로, 근원적인 불안과 그에 맞서는 존재의 태도를 보여 준다. 소란은 감정의 요동, 불안의 발현으로 나타나며 삶의 혼란스러운 양상을 상징하는데, 주체는 외부 세계의 소란을 관찰하거나 자신의 내면에서 솟아나는 소란을 받아들이고, 주의

깊게 귀 기울이며 그 요동침을 삶의 불가피한 동력으로 전환해 나간다.

「오늘부터 새」에서 시적 화자는 "소란과 침묵을 번갈아 가며/나는 새의 발목을 갖게 되겠지"라고 한다. 여기에서 소란은 "새의 발목을 갖"는 과정, 즉 고독한 주체로 서게 되는 과정에서 필연적으로 겪어야 하는 내면의 진동을 뜻한다. 그런데 소란은 침묵과 "번갈아 가며" 나타난다. 이 시에서 말하는 침묵은 소란이 사라진 상태라기보다는 소란을 끌어안고 견디는 고요의 시간에 가깝다. 소란은 일시적으로 고요를 밀어내지만 그 자체가 고요를 준비하는 힘이 되며, 고요는 소란을 잠재우지만 언제든 다시 요동할 수 있는 가능성을 품고 있다. 이러한 교차와 반복은 생명이 스스로를 갱신하고 다음을 준비하는 내재적이고 본질적인 리듬을 생성한다.

「물새 알」에서 "주머니마다 소란스러운 물새 알을/내려놓는다"고 하듯, "물새 알"은 "소란스러운" 것이다. 생명의 근원인 동시에 "깊은 도시에서 근심은 오래가"는 존재론적 불안을 태동하고 있기 때문에 "소란스러운" 것이다. "내가 이렇게 소란스러워지는 것은/기다림이 나를 위해 오고 있기 때문이다"라고 하는 것처럼(「귀에 머무는 소리는 한창이다」) 소란스러움은 새로운 국면을 맞이하기 위한 능동적인 에너지를 축적하는 일이다. 고요는 소란이 만들어 낸 내면의 진동을 가만히 수용하며, 시적 주체는 그 속에서 자신이 감당해야 할 불안을 마주할 수 있게 된다.

　이 시집에서 소란과 침묵은 대립적 관계가 아니며 서로를
전제하고 매개하는 두 축이다. 소란은 주체를 흔들어 변화
의 문턱으로 이끄는 힘이 되고, 침묵은 그 요동을 가라앉히
며 자신의 내면을 더 깊이 응시하게 하는 성찰의 순간을 만
든다. 그렇게 소란은 침묵을 낳고, 침묵은 다시 소란을 가능
하게 하는 순환 구조 속에서 시적 주체는 자기 존재의 근원
을 탐색하며 한층 깊어진 인식의 지평에 도달하게 된다.

　동백나무에 물을 주었어요
　나무에 침묵이 가득 찼어요

　부풀어 오른 동백 우주선을 타고
　입을 조금 벌리면 잎잎마다 구름이 돌아요

　나는 사라질 시간의 이름을
　물구름이라고 불러요

　희박해지는 숨을 몰아쉬며
　붉은 숨을 떨어뜨리듯

　동백은 추락할 때 가장 선명해져요
　소금 같은 시간을 따라 우리는 흩어지고 있어요

　나는 떨어진 동백 안에 누워 봅니다

꽃잎을 들추면 고래의 시간이 거기 있다는 듯이

소란해지면서 소금이 돌아 물무늬를 불러 모은 결
모든 고요 위에 다시 피는 동백
　　　　　　－「동백은 추락할 때 가장 선명해져요」 전문

이 시는 동백꽃의 "추락"을 통해 존재의 유한성을 드러내면서도 거자필반(去者必返)의 순환성을 깊이 있게 성찰한다. 이 시의 전반부는 소멸되는 존재를 감각적으로 드러낸다. 나무에 가득 차는 침묵은 동백이 "추락할 때 가장 선명"해지는 존재의 진실을 품는 바탕이 된다.

화자는 "사라질 시간의 이름을/물구름이라고 불러요"라고 고백한다. 물이나 구름처럼 덧없이 흩어지고 형태를 잃는 존재에 시간을 비유함으로써, 인간의 삶과 시간 자체가 얼마나 불안정하고 취약한지를 나타낸다. "희박해지는 숨을 몰아쉬며/붉은 숨을 떨어뜨리"는 장면에서 "붉은 숨"은 생명력의 절정에 있는 만개한 동백이 곧 떨어져 사라질 운명임을 알게 한다.

"소금 같은 시간을 따라 우리는 흩어지고 있어요"라고 하듯, 우리는 물에 녹거나 바람에 날리듯 쉽게 해체되는 존재다. "우리"는 와해되는 하나의 관계를 의미하는 것일 수도 있고 태어나면서부터 매일 조금씩 죽어 갈 운명에 처해 있는 인간 전체를 말하는 것일 수도 있겠다.

이 시의 가장 핵심적인 역설은 유한한 존재가 소멸되는

순간에 "가장 선명해"진다는 것이다. 동백은 꽃잎을 낱낱이 흩뿌리지 않고 송이째 툭 떨어지는 꽃으로, 이 갑작스럽고 완전한 추락이야말로 존재의 필멸성이 가장 명징하게 드러나는 순간이 된다. 그러나 하나의 사라짐이 소멸로 끝나 버리는 것은 아니다. 화자는 "떨어진 동백 안에 누워 봅니다/꽃잎을 들추면 고래의 시간이 거기 있다는 듯이"라고 한다.

작고 약한 동백꽃의 추락이 거대하고 우주적인 "고래의 시간"과 연결되는 것이다. 시인은 사라짐이 끝이 아님을 보이며 하나의 죽음을 통과하여 영원성으로 회귀하는 순환의 원리를 드러내려 한다. 동백은 고요 위에 다시 피어난다("소란해지면서 소금이 돌아 물무늬를 불러 모은 결/모든 고요 위에 다시 피는 동백").

다시 시의 맨 첫 행으로 돌아가 보자. "동백나무에 물을 주었어요"가 시의 가장 처음에 위치하는 이유는 무엇일까? 동백에 물을 주는 것은 존재를 돌보고 유지하려는 행위를 상징한다. 그럼에도 꽃은 결국 져 버리고, 무참히 추락하고 말 것이다. 그런 결말을 알면서도 화자는 물을 준다. 그런다고 죽음을 막을 수는 없지만, 물을 주는 것은 살아 있는 동안 돌보며 소멸의 리듬에 '참여'하며 생명-소멸-귀환의 순환성 속에서 동백이 겪는 변화를 함께 경험하는 일이 된다.

물이 흙에 스며들고, 동백이 침묵으로 채워지는 동안은 시적 화자가 존재의 진실을 마주하기 위한 시간이다. 동백에 물을 주며 화자는 존재의 진실을 응시하기 위한 마음의 문을 연다. "나는 사라질 시간의 이름을/물구름이라고 불러요"라는 말은 시인의 창작관을 반영하고 있다. 이름을 붙이는 행위는 모호하고 불안정한 대상을 구체적인 시어로 붙잡아 그 덧없음을 미학적으로 포착하려는 시적 주체의 능동적인 개입을 보여 준다.

물은 형태가 없고 흘러가며, 구름은 끊임없이 모양을 바꾸고 이내 사라지는 존재다. 시인은 이 둘을 합친 "물구름"을 "사라질 시간의 이름"으로 부여했다. 시간은 붙잡아 둘 수 없고, 물이나 구름처럼 끊임없이 변화하고 소멸하는 유동적인 실체임을 보이는 것이다.

시인의 창작은 이처럼 흘러가는 불명확한 존재 속에서 가장 선명한 아름다움을 발견하고 기록하려는 의지인 셈이다. 소멸을 피할 수는 없지만, 화자는 그것을 외면하거나 두려워하지 않고 자신만의 언어로 명명하며 주체적으로 직면하려 한다. 삶의 가치가 영원함이 아니라 오히려 소멸하는 찰나의 순간에 있음을 강조하는 것은, 유한한 것 속에서 무한한 것을 발견하고자 하는 시인의 오랜 태도를 드러내 준다.

2. 서랍과 비상구

최서진 시인은 내면에 몰두한다. 시인에게 내부는 외부의 현실과 대립하며 주체의 실존을 규정하는 역동적인 공간이다. 내면은 시인에게 '서랍'과 같다. 서랍은 잃어버리면 안 되는 것을 넣어 숨기고, 보관하고, 정리하는 공간이다. 서랍 속 공간은 시간이 흘러도 끝까지 지켜 내야 할 고독, 순수한 자아, 혹은 잊어서는 안 될 진실이 보존되는 영역이다. 그렇기에 이것을 잃어버린 상실감은 매우 크다.

서랍이 서랍을 잃어버렸을 때
나는 화분에 물을 주었지

서랍이 서랍을 잃어버렸을 때
나는 진한 원두커피를 내렸지

서랍이 서랍을 잃어버렸을 때
가만가만 창문을 열었지

서랍이 서랍을 잃어버렸을 때
거북이에게 밥을 주었지

서랍이 서랍을 잃어버렸을 때
옷가지들을 넣어 세탁기를 돌렸지

마가목 열매처럼 마음이 붉을 때
늦가을의 심정으로 서랍을 열었고
자주 길을 잃었지

나는 잃어버리면 안 되는 것을 서랍에 넣은
사람처럼 서랍을 야무지게 닫았지

서랍이 서랍을 잃어버렸을 때
두 손으로 머그 컵을 감싸 쥐던 온기를 생각하지

잠이 오지 않아 나는 서랍을 열어

손톱을 정리하고 느리고 부드럽게

시간을 열어

거기 아름다운 내 빛이 자라고 있으므로

―「오늘의 고독」 전문

「오늘의 고독」은 근원적인 상실 앞에서 "서랍이 서랍을 잃어버렸"다는 말을 반복한다. 서랍이 서랍을 잃었다는 것은 중요한 것을 담아 두고 보전할 내부 공간이 붕괴된 상태를 은유한다.

그러나 그런 상실감을 안고도 화자는 화분에 물을 주고, 커피를 내리고, 거북이에게 밥을 주고, 세탁기를 돌리는 일상적인 일들을 묵묵히 수행한다. 이런 반복적인 행위는 삶의 균형을 유지하려는 노력을 담고 있다. 이때 "오늘의 고독"은 하루를 살아 내는 힘이 된다.

"마가목 열매처럼 마음이 붉을 때"는 이 시의 정서적 중심부이다. "마음이 붉"다는 것은 속으로 익어 가는 감정, 말하지 못한 열기를 뜻한다. "늦가을의 심정으로 서랍을 열었고/자주 길을 잃었지"라는 구절은 감정에 직면하려는 시도와 실패를 동시에 보여 준다. 서랍을 연다는 것은 자기 마음을 들여다보는 일이며, 그 과정은 정신적 방황으로("자주 길을 잃었지") 이어지곤 한다.

"나는 잃어버리면 안 되는 것을 서랍에 넣은/사람처럼 서랍을 야무지게 닫았지"라는 대목에서 화자의 의도는 분명해진다. 서랍은 상처받지 않기 위한 장치이고, "야무지게 닫"는 행위는 감정을 봉인하는 자기방어다. 고독은 감정을 지키기 위해 잠시 닫아 둔 상태로 읽힌다. "두 손으로 머그 컵을 감싸 쥐던 온기"는 지나간 관계, 혹은 감정적 접촉의 기억을 환기시킨다. 물론 현재가 아닌 회상 속에서만 존재하는 온기다.

"잠이 오지 않아 나는 서랍을 열어/손톱을 정리하고 느리고 부드럽게/시간을 열어//거기 아름다운 내 빛이 자라고 있으므로"라는 시의 후반부는 조용한 자기 회복을 보여 준다. 손톱을 정리하는 이유는 스스로나 타인을 해치지 않기 위함이며 "손톱을 정리하고" 나서야 "느리고 부드럽게/시간을 열어" 낼 수 있는 것이다.

고독의 끝에는 자기 내부에서 천천히 자라고 있는 빛이 놓여 있다. 혼자 견뎌 온 시간이 성숙하여 결실을 맺는 지점이다. 따라서 「오늘의 고독」은 혼자 있는 동안 자기를 잃지 않는 방법을 시적으로 탐색하여 기록한 것으로 읽을 수 있다.

"더 '고독하세요' 왕이 명령하고 왕이 듣는다//스웨터를 걸치고 외로운 식탁에 앉아/고독한 왕은 책을 읽고 행운이 담긴 편지를 쓴다"라는 구절에서 고독은 스스로가 자신의 주인이 되는 주체적이고 긍정적인 힘으로 그려지고 있다. 초라해 보일 수 있는 '혼자 밥 먹는 행위'를 왕의 식사로 치환함으로써, 이 시 속 화자는 낡은 스웨터를 걸치고 국물을 흘려도 괜찮은 절대적인 자유를 만끽한다. "봄 바다처럼 찻물이 끓는데" "가장 느리게 오고 있는 행운의 편지를 기다리"는 마음은 새로운 연결과 희망을 품고 있다(「혼자 먹는 식탁」). 혼자인 식탁에서 끓는 찻물이 "봄 바다"라는 거대한 이미지로 확장되듯 고독은 좁은 방을 바다로 바꾸는 상상력의 원천이 된다. 비록 "가장 느리게" 올지라도 행운을 기다릴 줄 아는 여유는 고독한 시간 속에서만 배양될 수 있는 힘이다. 이 시에서 고독은 '자기 자신과의 완전한 결합'에 가깝다고 할 수 있다.

시인은 서랍을 닫아 두는 것에 멈추지 않는다. 서랍 속에서 자라난 '빛'은 어둠 속에 갇혀 있기만을 거부하고 서랍 밖으로 나와 고유한 영토를 확보하려 한다. 서랍을 나온 주체가 마주하는 현실은 '혼자 밥을 먹는 식탁'이지만, 이곳에서 시적 주체는 더 이상 고독을 견디는 존재가 아닌, 고독을 부리는 주권자인 "왕"으로 변모한다. 이는 '비상구'를 여는 구체적인 실천의 행위로 이어지게 된다.

> 우리의 화두는 봄이나 겨울을 손으로 여는 방식
> 바람도 들어오지 않는 벽 앞에서
> 손잡이의 심정을 이해하고 있다
>
> 손이나 두 발을 사용하도록 하자
> 머리는 아무것도 못 하니까
> 그곳에는 문밖에 없어서

뚫어져라 쳐다보는 벽이 태어나고 없어진다

혼자 있는 장소가 생기고 그곳이 넓어진다
—「비상구를 여는 방법」 부분

비상구는 평소에는 잘 열지 않는 문이지만 일반적인 통로로는 나갈 수 없을 때, 새로운 세계로 향하기 위해 스스로 결단하고 열어야 하는 '비상(非常)'한 통로다. 위기가 닥쳤을 때 비상구를 이용해야 하는 것처럼, 고통스러운 현실이나 막다른 상황을 빠져나가기 위해서 비상구는 필요하다. 시인에게 비상구는 존재의 진실을 향해 다가갈 때 열리는 문이다.

비상구는 원래 위기의 순간에 즉각 열려야 하는 것이지만 시적 화자는 비상구를 바로 열지 않는다. 그 대신 비상구 앞에서 멈추고, 이해하고, 더듬고, 의심하는 과정이 오래 이루어진다.

"바람도 들어오지 않는 벽 앞에서/손잡이의 심정을 이해하고 있다"는 말이 눈길을 끈다. 문을 여는 사람이 아니라 손잡이의 입장에 서 있다니? 문을 열려면 손잡이가 반드시 필요하지만, 손잡이 스스로는 결코 움직여 문을 열 수도 닫을 수도 없다. 문을 여는 힘과 의지는 외부로부터 와야 하고, 손잡이는 그저 외부의 힘이 작용하기를 기다릴 수밖에 없다. 가능성을 품고 있지만, 스스로는 그 가능성을 실현할 수 없는 상태인 것이다. 화자가 "손잡이의 심정을 이해하고 있다"는 것은 손잡이가 처한 실존적 딜레마를 자신의 것으로 받아들인다는 의미다.

이후 "손이나 두 발을 사용하도록 하자/머리는 아무것도 못 하니까"라는 구절로 넘어가는 것은 시의 핵심적인 전환점이 된다. 화자는 지성이나 관념적인 사유가 현실의 폐쇄성("벽")을 돌파하는 데는 무력하다는 것을 인정한다. 존재의 변화를 이끌어 내려면 육체의 감각과 실제적인 행동력이 필요하며, 현실을 벗어나는 일은 "손"으로 잡고 "발"로 딛는 원초적인 실천으로 시작해야만 한다는 사실을 깨닫는 것이다.

열리지 않는 문은 곧 벽으로 인식된다. 그런데 이 벽은 응시하는 동안 생성되었다가 사라지는 속성을 지닌다("그곳에는 문밖에 없어서/뚫어져라 쳐다보는 벽이 태어나고 없어진다"). 그런데 화자의 시선에 따라 벽이 "태어나고 없어진다"는 것은, 절망적인 현실의 한계가 사실상 주체의 고정된 인식이나 사로잡힘에서 비롯되었음을 뜻한다.

벽이 사라진 자리에 비로소 "혼자 있는 장소가 생기고 그곳이 넓어진다"는 것은, 외부의 억압이 해체되고 고독한 자아를 위한 내면의 성찰 공간이 역설적으로 확장되는 해방의 순간을 보여 준다. "의자 양쪽 함의 뚜껑을 열고/손잡이를 화살표 방향으로 당기면/문을 열 수 있다"는 사실이 밝혀진다. 그렇게 화자는 문을 여는 방법을 알아낸다.

3. 밤과 새벽 사이

문을 여는 법을 알아낸 데 멈추지 않고, 이제 최서진 시의 시적 주체는 문이 없는 곳에 문을 그려 넣으려 한다. 문을 그

려 넣는 것은 창조를 통해 현실의 한계를 돌파하려는 의지의
표출이며, 새로운 인식의 영역을 스스로 구축하는 행위다.

공중에 문 하나를 그려 넣는다
안 보이는 손잡이를 돌려 그 안으로 들어가면

우리는 많은 생각 끝에
빛나는 문을 그려 놓고 그 문으로 사라지는 사람

새로운 세계에서는
새들은 영화 속 소품처럼 숲으로 날아가고
고양이들은 위태롭게 담장을 타고 다닌다

아득한 물고기는 말이 없고
문은 또 다른 바다로 열린다

아주 익숙하고 오래된 기도처럼 문을 열고
문을 닫고 문은 다른 문을 만들고
안 보이는 문들은 끊임없이 증식한다

아름다운 문을 완성하고 싶지만
우리는 각자 두통을 입고 문을 통과한다

문과 문을 통과하는 동안

밤이 새도록 불빛이 켜진 창문들 사이로 지나가고

저 높이 문을 닫자
더 높은 문을 열자

어떤 부족은 문을 아예 지붕에 매달아 놓지
문을 빠져나간 물결에 대해 생각해

별은 그즈음 새로운 눈을 뜬다
—「밤과 새벽의 문을 열면」 전문

화자는 "공중에 문 하나를 그려 넣"으며, "안 보이는 손잡이"를 돌려 그 안으로 들어간다. 문이 존재하지 않는 자리에 새롭게 생성되는 통로를 그려 내며, 이 시는 세계를 인식하는 태도 자체를 문제 삼는다.

최서진의 시에서 세계는 이미 의미가 완결된 구조가 아니며, 불완전하고 균열이 나 있고 해석과 개입을 요구하는 장소다. 시적 주체는 그 안에서 길을 '찾는' 존재가 아니라 길을 "그려 넣는" 존재로 설정된다. 문을 그려 넣는 행위는 창작 주체의 태도를 시적으로 형상화한 것으로 읽을 수도 있다. 시인에게 시 쓰기는 현실 내부에 없던 가능성을 새로 창출하는 행위다.

특히 주목할 것은 이 문이 하나의 종착지로 기능하지 않는다는 점이다. 이 시에서 문은 열리고 닫히며, 다시 다른 문을 만들어 낸다. "문을 닫고 문은 다른 문을 만들고/안 보이는 문들은 끊임없이 증식한다"는 구절은 지속적인 통과와 이동의 상태를 보여 준다. 이는 최서진 시에 종종 나타나는 '도착 없는 이동성'과 연결된다. 하나의 세계에 안착하지 않고 끊임없이 움직이며 감각을 이동시키는 주체들이 시 속에 자주 등장한다.

어떤 비에도 걸음을 멈추지 말고

깨어 있는 모든 시간을

깨뜨릴 수 없는 어떤 바람을 지나서

다만 목화를 찾아가는 길

—「둥근 목화」 부분

멍든 무릎을 바라보며

새벽은 세계를 건너가는 중

—「굴러가는 날들」 부분

새가 나무의 잎을 흔들면서 떠나간다

—「운명」 부분

자꾸만 계단 입구 쪽으로 눈이 간다

혼자 어디론가 걸어가는 계단

—「백석역」 부분

『지구의 모든 저녁이 모여 있는 곳』에서 찾아볼 수 있는 이러한 구절들은 이동이 도착을 전제하지 않는다는 점에서 공통된 미학적 긴장을 형성한다. 위 인용 시들에서 '길', '건너감', '떠남', '계단'은 모두 목적지로 수렴되지 않는다. 주체는 언제나 "건너가"고 "찾아가"고 "떠나"가며 '이동 중'인 상태에 있다.

「둥근 목화」에서 "다만 목화를 찾아가는 길"은 도착보다는 향하고 있음 그 자체를 강조하고, 「운명」에서 새는 흔적만 남긴 채 떠나가며, 「백석역」의 계단은 "어디론가"라는 표현으로 방향성 없는 이동의 감각을 극대화한다.

시적 화자의 날들은 "굴러가는 날들"의 연속이다. 이러한 이동은 세계와의 불화 속에서 발생하는 존재론적 조건에 가깝다. 주체는 끊임없이 경계를 넘으며 감각을 갱신하고, 그 과정에서 세계를 '통과'하는 방식으로만 자신을 성립시킨다. 도착하지 않음으로써 주체는 완결을 유예하고, 세계는 늘 열려 있는 상태로 남을 수 있다. 이러한 이동은 시적 화자를 불안정한 존재로 만들지만, 그렇기에 시는 멈추지 않고 생성되며 세계는 끊임없이 다시 건너가야 할 장소로 갱신된다.

「밤과 새벽의 문을 열면」으로 돌아가 보자. 이 시에서 문은 이동의 과정에서 잠정적으로 생겨났다가 사라진다. 문은 통과의 순간에만 잠시 출현하는 것이며, 이동을 지속시키는 장치로 기능한다. 도착을 유예하기 위해 생성되는 새로운 통로의 입구라고 보아야 한다.

이러한 문은 밤과 새벽이라는 시간적 경계 위에 놓인다. 밤과 새벽은 명확히 구분되는 두 시점이면서 동시에 서로 스며드는 이행의 시간이다. 이 시에서 문은 바로 이 이행의 시간성 위에 그려진다. "문과 문을 통과하는 동안/밤이 새도록 불빛이 켜진 창문들 사이로 지나"간다는 구절은, 주체가 밤과 새벽이 겹쳐진 상태 속을 오래 통과하고 있음을 보여 준다. 주체는 끝내 아침에 도달하지 않으며, 밤과 새벽 사이의 모호한 상태에 머문다.

또한 이 시에서 세계는 안정된 질서로 제시되지 않는다. 새들은 "영화 속 소품처럼" 날아가고, 고양이들은 "위태롭게 담장을" 탄다. 현실 세계의 생명들이 실재라기보다 장면화된 이미지처럼 등장하며 현실의 감각이 비틀린 상태를 보여 준다. 세계는 더 이상 자연스럽게 주어지는 공간이 아니라, 연출되고 배치된 장면들의 연쇄로 나타난다. 최서진의 시는 현실을 부정하지도, 초월하려 하지도 않는다. 대신 현실을 다른 각도로 재배치하는 방식을 취한다. 현실 내부에서 감각의 방향을 뒤틀어 놓기에, "아득한 물고기"는 말이 없고, 문은 "또 다른 바다로 열린다". 의미의 확정이 불가능한 상태, 즉 해석이 닿지 않는 심연을 상징하는 바다를 향해 문이 열린다는 것은 명료한 목적지나 확정된 의미를 추구하는 대신, 무한하고 모호한 심연 그 자체를 통과의 대상으로 삼는다는 것을 의미한다. 문을 통과할수록 세계는 명료해지지 않으며, 오히려 더 아득하게 모호해질 뿐이다.

"아름다운 문을 완성하고 싶지만/우리는 각자 두통을 입고 문을 통과한다"에서 두통은 사유하는 것이 고통스럽고 지난한 일임을 암시한다. 문을 만든다는 것은 새로운 세계를 상상하는 일이며 문을 통과하는 것은 세계를 다시 사유하는 행위다. 시적 주체들은 불완전한 상태로, "두통을 입"은 채 문을 지난다. 이는 창작 행위가 끊임없는 긴장과 부담 속에서 수행되는 작업임을 드러낸다. '쓰는 일'은 괴롭다. 하지만 쓰지 않고는 견딜 수 없는 내면의 압력이 글 쓰는 이의 손을 멈추지 않게 한다.

후반부에서 제시되는 "저 높이 문을 달자/더 높은 문을 열자"라는 제안은 얼핏 상승이나 초월의 욕망처럼 보이기도 하지만, 곧이어 "어떤 부족은 문을 아예 지붕에 매달아 놓지"라는 구절이 이런 생각을 뒤집어 놓는다. 문을 접근하기 어려운 지붕에 매달아 놓는다는 것은 문을 '통과'를 위한 수단에서 지향해야 할 관념으로 변모시키는 관점의 전환을 촉구한다. 지붕에 매달린 문은 현실의 층위와 분리되어 가장 높은 곳에 걸어 놓은 이상향, 혹은 초월적인 진실을 상징한다. "어떤 부족"이라는 표현에서 알 수 있듯 이것은 대다수의 삶의 방식이 아닌, 소수의 고독한 주체만이 감행할 수 있는 비범하고 창조적인 행위다. 도착 없는 이동성을 삶의 방식으로 받아들이고, 영원히 닿을 수 없는 문을 가장 높은 곳에 걸어 둠으로써 역설적으로 계속 이동할 수 있는 힘을 유지하고, 경계를 끊임없이 재창조하는 주체적 실천을 완성하는 것이다.

시는 여기에서 멈추지 않고 "문을 빠져나간 물결에 대해 생각"한다. 빠져나간 후의 세계가 아니라, 통과하며 흘러간 흔적에 주목하고 있음이 중요하다. 결과가 아닌 과정 자체를 자신의 존재 증명으로 삼고 있는 것이다. 물결은 한번 지나가면 되돌아오지 않지만, 그 지나간 행위 자체가 시적 의미를 생성하는 근원이 된다.

마지막 행 "별은 그즈음 새로운 눈을 뜬다"는 이러한 연쇄적 이동과 통과의 끝에서 제시되는 미묘한 변화의 순간을 담고 있다. 별이 "새로운 눈을 뜬다"는 것은 세계를 바라보는 인식의 갱신이 주체에게만 국한되지 않음을 암시한다. 문을 그려 넣고, 통과하고, 다시 다른 문을 만드는 과정 속에서 세계 또한 변형된 감각을 획득한다. 이 시에서의 문은 세계와의 관계를 끊임없이 재구성하기 위해 존재하며, 주체와 세계가 상호 변형되는 감각적 조건으로 작동하는 것이라 하겠다.

현실을 끝까지 통과하여 완전히 다른 세계로 진입하려는 시적 주체의 모습을 형상화함으로써("빛나는 문을 그려 놓고 그 문으로 사라지는 사람"), 시인은 존재가 도달해야 할 어떤 완결된 세계를 제시하기보다 통과 그 자체가 지니는 불안정성과 개방성을 사유하게 한다.

시인에게 창조란 세계가 끝내 하나로 고정되지 않도록 지속적으로 열어 두는 행위에 가깝다. 그렇게 밤과 새벽 사이에서 문은 완성되지 않은 채 남고, 시는 미완의 상태 속에서 계속해서 고독과 불안을 경유하며 존재의 심연을 탐사한다. 결국 이 시에서 문이 없는 곳에서 문을 그려 넣는 주체는 최서진 문학이 상정하는 시적 주체의 전형이라 할 수 있다. 시인은 주어진 질서 속에서 출구를 찾지 않으며, 이미 마련된 해답을 신뢰하지 않는다. 대신 실패할 가능성을 감수하면서도 세계에 새로운 통로를 그려 넣는다.

4. 저녁의 시간

「오늘부터 새」의 시간적 배경은 저녁, 그것도 "빛을 감춘 저녁"이다. 저녁은 하루가 끝나 가는 경계의 시간이자 어둠이 밀려들며 가시성이 사라지는 때이다.

버릇처럼 저녁을 걷는다
빛을 감춘 저녁을
새의 발로

저녁이 되면 젖은 얼굴도 아름다워 보인다
매달린 새들도 침묵의 자세를 배우기 위해
어둠에 붙들렸지만

여전히 나무로 새로 남아 있는
눈이 자주 붓는 마음

돌이킬 수 없는 일들은 흘러갔을까
새의 발이 닿았던 구름을 본다
발등으로 여름이 분다

웅크리고 앉아
어둠을 길게 한 모금 마신다

먼 곳에서 빛이 넘어오는지 나무가 흔들린다

사막을 붙들고 있는 것은 내 손이니
소란과 침묵을 번갈아 가며
나는 새의 발목을 갖게 되겠지

새들은 빛을 감춘 저녁에만 발끝으로 맴돈다
흔들리지 않는 고도를 지나 구름에 닿듯이

먼 곳에서 빛이 넘어오는지 기침이 난다

―「오늘부터 새」 전문

세계가 명확한 윤곽을 잃고 흐릿해지는 이 불확실한 저녁의 시간을 이 시의 주체는 "새의 발로" 걷는다. "새의 발로"라는 것은 이 '걷기'가 무게를 최소화한 채 이루어지는, 가볍고 조심스러운 방식임을 드러낸다. 새의 발은 땅에 깊은 흔적을 남기지 않으며, 닿았다가도 곧 몸을 띄워 공중으로 이동할 수 있다. 최소한의 접촉만으로 통과하려는 태도, 다시 말해 스쳐 지나가는 방식의 삶을 상징하는 것이다.

밝음과 명료함의 시간대에서는 결함으로 인식되던 것들

이, 빛이 사라지는 시간 속에서 오히려 존재의 진실한 표정으로 드러난다("저녁이 되면 젖은 얼굴도 아름다워 보인다").

이어지는 "웅크리고 앉아/어둠을 길게 한 모금 마신다"는 표현은 외부의 어둠을 피하거나 밀어내는 대신 그것을 몸 안으로 받아들이는 태도를 보여 준다. 이는 세계의 어두운 면을 자기 내부의 일부로 수용하려는 성찰의 장면이다. 고통과 불확실성을 능동적으로 내면화함으로써, 그것과 공존하려는 자세다.

"돌이킬 수 없는 일들은 흘러갔을까/새의 발이 닿았던 구름을 본다/발등으로 여름이 분다"는 과거의 상처와 시간의 흐름을 완전히 극복하지는 못했으나, 그것이 더 이상 무겁게 가라앉아 있지 않음을 나타낸다. 새의 발이 닿는 구름은 도달하기 어려운 이상, 꿈, 혹은 가벼운 희망을 상징한다. "발등으로 여름이 분다"는 표현은 생동과 온기, 생명력이 다시 신체의 감각으로 돌아오는 순간을 포착한다. 여름은 몸 위로 불어와 감각되는 것이다.

고난을 견디고 삶을 버티어 내려는 안간힘은 "사막을 붙들고 있는" 손으로 나타난다. 흩어져 버릴 모래로 가득 찬 황무지이지만, 화자의 손은 미련하게 그것을 붙들고 있었던 것이다. 그러나 이제 화자는 "나는 새의 발목을 갖게 되겠지"라고 말한다. 이는 존재 방식의 근본적인 전환을 예고한다.

발목은 손과 달리 무엇을 움켜쥐거나 소유하는 기능을 하지 않는다. 더욱이 "새의 발목"이므로 땅에 붙들리지 않고도 잠시 딛고 서 있다가 언제든 공중으로 도약할 수 있는 가벼움과 이동성을 지닌다. 이는 화자가 어디로든 이동 가능한 자유로운 존재로 변모할 것임을 암시한다.

　저녁은 밤과 이어지지만, 그 끝은 결국 새벽에 가닿는다. 세계의 변화는 관념이나 인식 이전에 먼저 몸의 감각으로 감지된다(“먼 곳에서 빛이 넘어오는지 기침이 난다”). 아직 도착하지 않은 빛에 신체가 먼저 반응하는 것으로, 희망이 명확한 형태로 인식되기 전에 신체가 미리 예감하는 상태라 할 수 있다.

　낮의 시간, 즉 일상의 시간에 얼룩져 있던 슬픔과 고통이 사라지지는 않았지만 그것을 더 이상 현재를 짓누르지 않는 방식으로 변형시키는 것이 바로 저녁의 시간이다. 결국 이 시는 저녁이라는 불확실한 시간대 속에서 세계를 단번에 돌파하거나 극적으로 변화시키려 하기보다, 가볍게 닿고, 침묵을 배우며, 어둠을 삼키고, 몸의 감각으로 빛을 기다리는 존재의 태도를 그려 낸다. 무거운 손을 내려놓고 가벼운 “새의 발목”을 가질 때 비로소 이 어두운 세계를 건너갈 수 있다. 무거움과 강함보다, 가벼움과 약함이 오히려 세계를 지속 가능하게 하는 역설적인 힘이 되는 것이다. 이 시는 무너지지 않기 위해 가벼워지는 법, 빛이 오기 전까지 버티게 하는 희미한 희망에 관해 이야기한다. “먼 곳에서 빛이 넘어오는지 나무가 흔들린다”는 구절처럼, 빛은 희망이자 변화의 징후다. 아직 보이지 않아도, 먼 곳에서 ‘넘어온다’는 점을 믿고 기다린다는 사실이 중요하다.

　이 시집에서 저녁은 상징적인 의미를 가진다. 시집의 제목인 『지구의 모든 저녁이 모여 있는 곳』은 시 「모과」의 한 구절을 딴 것인데, 이 시에서 저녁은 "등 돌리며 떠나던 당신의 말처럼 아픈", 상실을 깨닫는 시간이다. 열기가 가라앉으며 이별과 회고가 가능해지는 시간인 것이다. 화자는 이별을 이미 완료된 사건으로 서술하지 않고 "이별하는 중"이라는 현재진행형으로 제시한다. 상실을 지속되는 감각의 상태로 위치시키는 태도는 시 전반에 걸쳐 반복되는 '모과'의 이미지와 긴밀하게 결합된다. 시 속에서 모과는 '저녁들'을 흡수하고 응축하는 매개체다. 낮의 세계가 명료함과 목적성을 요구한다면, 저녁의 세계는 흐릿함과 미완성을 허용한다.

모과는 생과로서는 떫고 단단하지만, 차와 청이 되기 위해서는 칼로 얇게 썰리고 설탕에 잠긴 후 오래 기다려야 한다. 이 과정은 인간의 삶이 상처와 기다림을 통해 의미를 획득하는 방식과 닮아 있다. 슬픔도 시간을 거쳐 숙성되어야 의미를 가질 수 있게 된다.

"등 돌리며 떠나던 당신의 말", "한 사람에게만 들리는 별의 소리"나 "누가 하염없이 휘젓는 모과 향"과 같은 표현에서 드러나는 것은 완결되지 않은 언어, 전달되지 못한 감정이다. 저녁은 바로 이런 것들이 사라지지 않고 남아 있을 수 있는 시간이다. 세계는 불확실하며 언어는 불완전하다. 그러나 바로 그 모자람, 부족함이 사랑과 기억을 지속할 수 있는 여지를 만든다.

비합리적이기 때문에 기다릴 수 있고, 끝내 잊지 않을 수 있는 것이다. 그렇게 인간은 사랑을 잃고도 이별을 향기로 남길 수 있다.

시인에게 시를 쓴다는 것은 닫힌 서랍을 열고 나와 막힌 벽을 더듬는 일, 그리하여 자신의 존재 자체가 하나의 거대한 비상구임을 깨닫는 과정이라 하겠다.

가파른 벽면에 걸었을 때 완성되었습니다

소리를 듣지 못하기는 마찬가지입니다

나는 한 가지 표정을 갖지 못한 사람

질끈 눈을 감아 버리는 감정

나는 절실히 폭풍이 필요합니다

―「거울」 전문

이 시에서 시적 화자는 "가파른 벽면에" 스스로를 "거울"처럼 걸어 둔다. "나는 한 가지 표정을 갖지 못한 사람"이라는 고백처럼, 화자는 서랍 속에 감춰 두었던 수많은 자아의 얼굴들을 "가파른" 현실의 벽 위에서 바라본다. "질끈 눈을 감아 버리는 감정"과 싸우며 위태롭게 서 있다. "소리를 듣지 못하기는 마찬가지"인 고독한 세계에서, 시인은 스스로를 가파른 벽에 걸린 거울로 인식한다. 화자는 "나는 절실히 폭풍이 필요합니다"라고 외치며, 정지된 거울 속의 세계를 뒤흔들 파동을 원한다. 시인이란 이처럼 가파른 벽에 매

달려 세상을 비추는 존재가 되기를 바라며 자신의 미약한 빛을 어둠으로 내보내려 몸부림치는 사람이 아닐까. 폭풍을 견디는 게 아니라 폭풍을 '필요'로 한다는 것은, 시련과 격정을 기꺼이 환대하고자 하는 자세다.

시인의 창작관을 엿볼 수 있는 시 「울창한 것들의 이름을 섬이라고 쓴다」를 보자. 제목 자체가 시 쓰기에 대한 은유로 읽을 수 있다. 시에서의 '쓰기'는 이름 없던 것에 이름을 부여하는 행위다. "벼랑은 서툰 마음이//성급하게 지나간 자리//절벽의 페이지는 접어 놓는다//울창한 것들의 이름을 섬이라고 쓴다"는 구절에서 절벽은 한 발만 잘못 디디면 추락하는 위험한 장소인데, 문학도 그처럼 위태로운 경계 위에서 작업을 해야 한다는 인식을 엿볼 수 있다. 즉흥적이고 불완전한 언어, 완전히 통제되지 않는 시어를 상징하는 듯한 "흘려 쓴 이름"을 끝내 제대로 설명할 수 있을지 시인은 자문한다. 별은 빛을 내지만, 빛이 도달하기까지 오랜 시간이 걸리는 것처럼 시가 누구에게 도달할지 알 수 없고, 발화하는 순간부터 자신을 떠나 "온 힘을 다해 부서지고" 말지 모를 일이다. 글쓰기란 어쩌면 그 설명 불가능한 상태 그대로를 감당하며 "가장 먼 혼잣말"을 중얼거리는 일일지 모른다. 그럼에도 시인은 계속해서 그 막막함을 '섬'이라 명명하며, 벼랑 끝에서도 기어이 울창해질 수 있는 가능성을 탐색한다.

최서진의 시는 상처를 쉽게 봉합하지 않고, 아픔이 머무는 자리를 끝까지 허락함으로써 인간의 삶이 얼마나 연약

한 감각 위에 놓여 있는지를 섬세하게 드러낸다. 명료함과 완성을 요구하는 세상 앞에서 흔들림과 모호함, 미완을 선택하는 최서진의 시는, 그 선택 자체가 인간이 가장 인간답게 살아가기 위한 가장 진실한 태도임을 끝내 증명해 보이려 한다. 앞으로 어떤 절실한 폭풍이 시인을 찾아오게 될지, 다음 시집을 만나 볼 날이 벌써 기다려진다.